Jordi Labanda

BOOKLET

Love is in the air

Editorial RM

Cuando el cura dijo aquello de "hasta que la muerte os separe" yo realmente no prestaba atención.

¿Cómo que te tienes que ir a París ahora mismo para aprovechar las rebajas antes de que se cumpla la profecía de Paco Rabanne?

Según mi psicóloga, hoy en día puedes saber mucho más de un hombre analizando qué compañía de teléfono y qué servidor informático utiliza que a través de su horóscopo y su ascendente.

En mi interior hay un hombre casado y con tres niños luchando por salir a la superficie.

¡Demonios, tú corazón es más difícil de abrir que el envoltorio de un compact disc!

Sobre todo Juan, nunca trates de engañarme; lo descubriría. Recuerda que soy radióloga.

Todavía no ha asimilado que mi declaración de renta de este año sea superior a la suya.

Deduzco que hoy estás un poco nerviosa, porque te has maquillado demasiado.

Pocos ven lo que somos, pero todos ven lo que aparentamos.

Sigo pensando que utilizar todo el presupuesto de la decoración en "eso" no fue nada práctico.

Mi marido también es muy creativo. "Crea" problemas.

¿Disocias o trabajas?

HAZ EL AMOR Y NO LA GUERRA

¿Cómo me va con mi novio? Bueno, estamos en esa etapa en la que intercambiamos libros, películas y canciones para llegar a ser una pareja intelectualmente correcta.

Cariño, te informo de que, debido al mal resultado de nuestro matrimonio en los dos ejercicios anteriores, estoy decidida a iniciar un periodo indefinido de recesión matrimonial.

¿Me quieres?

Claro que no pongo el rollo del papel higiénico,
ni cierro el tapón del champú ni bajo la tapa del retrete:
¡Soy un chico!

¿Sabes que en el futuro la inteligencia se medirá por la capacidad de poner en funcionamiento un electrodoméstico?

¿Sabes cuando alguien te cae fatal y no quieres conocerlo porque sabes que te caerá bien, pero tú quieres seguir odiándolo? ¡Pues eso me pasaba contigo!

¿Malva? Ya sabes que yo digo las cosas sin pensar.

Jo, ¿nos casamos?

Deberías leer estos libros, tratan de cómo comprender todo tipo de complejos. Es importante si vas a salir conmigo.

¿Qué pasa cuando te das cuenta de que tu vida ha sido un "plan B"?

A veces muy pronto en la vida es demasiado tarde

No estoy nada a favor de esa manía de hacer listas de las cosas que te gustan y las que odias de tu pobre novio.

Leí no se dónde que las mujeres que tienen amantes
son más sanas emocionalmente.

Tenemos que dejarlo, necesito espacio.

Nuestro matrimonio necesita una auditoría.

Ése es nuestro gran problema:
Tú tienes miedo a enamorarte y yo no.

Para él un café solo; para mí uno con leche semidesnatada descafeinado de sobre con sacarina.

Vaya, parece que el único al que no le ha afectado el calentamiento global es a mi marido.

Perdona, esto es un espacio sin humo.

BRCG Consulting. No cuelgue, en un momento estoy con usted.

Si te enamoras de mí, despídete de ti.

¿Me escribirás?

Copyright por la edición: © 2008 RM VERLAG, S.L.
Copyright por las ilustraciones: © 2008 Jordi Labanda

Editado por:
RM VERLAG, S.L. (Barcelona)
info@editorialrm.com
www.editorialrm.com

Todos los derechos están reservados.
Queda prohibida la reproducción total o parcial
de esta obra por cualquier medio o procedimiento,
comprendidos la reprografía y el tratamiento informático,
la fotocopia o la grabación sien el permiso expreso del editor.

Primera edición. 2008.

ISBN:
978-84-92480-01-2
978-968-9345-19-0

Impreso en Artes Gráficas Palermo, España.

Diseño: Sergio Ibañez Taller

Deposito Legal: M-14.888-2008